La princesa vestida
con una bolsa de papel

La princesa vestida con una bolsa de papel

por
Robert N. Munsch

ilustraciones
Michael Martchenko

annick press
toronto • new york • vancouver

Décimoquinto impresión, septiembre 2015

Annick Press Ltd.

Cataloging in Publication Data
    Munsch, Robert N., 1945-
      [Paper bag princess. Spanish]
      La princesa vestida con una bolsa de papel

    Translation of: The paper bag princess.
    ISBN 1-55037-098-7

    I. Martchenko, Michael. II. title. III. title:
    Paper bag princess. Spanish

Publicado en los E.E.U.U. por Annick Press (U.S.) Ltd.

Printed and bound in China.

www.annickpress.com

A Elizabeth

Elizabeth era una princesa muy linda.
Vivía en un castillo y tenía lujosos vestidos de princesa.
Se iba a casar con un príncipe llamado Ronaldo.

Desgraciadamente, un dragón destruyó su castillo, quemó toda su ropa con su aliento de fuego y secuestró al príncipe Ronaldo.

Elizabeth decidió perseguir al dragón y rescatar
a Ronaldo.

Buscó por todas partes algo que ponerse, pero lo
único que se había salvado del fuego era una bolsa
de papel. Se vistió con ella y salió tras el dragón.
Resultaba fácil seguirlo porque dondequiera
que iba, dejaba un rastro de árboles quemados y
huesos de caballo.

Finalmente, Elizabeth llegó a una cueva con una
puerta muy grande que tenía un aldabón enorme.
Tocó la puerta fuertemente con el aldabón.
El dragón abrió, asomó la nariz y dijo:
—¡Vaya! ¡Una princesa! Me encanta comer
princesas, pero ya me he comido un castillo entero hoy.
Estoy muy ocupado. Vuelve mañana.
Y dio tal portazo que por poco le aplasta la nariz
a Elizabeth.

Elizabeth volvió a golpear la puerta con el aldabón. El dragón abrió, asomó la nariz y dijo:

—Vete. Me encanta comer princesas, pero ya me he comido un castillo entero hoy. Vuelve mañana.

—¡Espere! —gritó Elizabeth—. ¿Es verdad que usted es el dragón más inteligente y feroz del mundo?

—¡Pues claro! —dijo el dragón.

—¿Y es verdad que usted es capaz de quemar diez
bosques con su aliento de fuego? —preguntó Elizabeth.
—¡Claro que sí! —dijo el dragón, y aspiró hondo y echó
una bocanada de fuego tan grande que quemó cincuenta
bosques enteros.

—¡Estupendo! —exclamó Elizabeth, y el dragón
volvió a aspirar hondo y echó otra bocanada de
fuego tan grande que quemó cien bosques.

—¡Magnífico! —exclamó Elizabeth, y otra vez el
dragón aspiró hondo... pero esta vez no le salió nada.
Al dragón no le quedaba fuego ni para cocinar una
albóndiga.

Entonces Elizabeth dijo:

—Señor dragón, ¿es verdad que puede volar
alrededor del mundo en sólo diez segundos?

—¡Claro que sí! —dijo el dragón, y dando un salto,
voló alrededor del mundo en sólo diez segundos.

Estaba muy cansado cuando regresó, pero Elizabeth gritó:

—¡Genial! ¡Hágalo otra vez!

El dragón dio un salto y voló alrededor del mundo
en sólo veinte segundos.
Cuando regresó, estaba tan cansado que ya no podía
ni hablar. Se acostó y se durmió inmediatamente.

Elizabeth le dijo muy suavemente:

—¿Me oye, señor dragón?

El dragón no se movió.

Elizabeth le levantó una oreja y metió su cabeza adentro. Gritó con todas sus fuerzas:

—¿Me oye, señor dragón?

Pero el dragón estaba tan cansado que ni se movió.

Elizabeth pasó por encima del dragón y abrió la
puerta de la cueva.

Allí encontró al príncipe Ronaldo.

Él la miró y le dijo:

—¡Pero, Elizabeth, estás hecha un desastre! Hueles a
cenizas, tu pelo está todo enredado y estás vestida
con una bolsa de papel sucia y vieja. Vuelve cuando
estés vestida como una verdadera princesa.

—Mira, Ronaldo —le dijo Elizabeth—, tu ropa es realmente bonita y estás peinado a la perfección. Te ves como un verdadero príncipe, pero ¿sabes que? Eres un tonto.

Y al final del cuento, no se casaron.